地獄

72ピース の芸術コレクション

I0646783

地獄

ディノ　ディ　デュランテの

芸術コレクション

Copyright © 2014 - Divine Quest, LLC
著作権 © 2014 ディバインクエスト、エル・エル・シ
パン・アメリカンと国際著作権条約や法律上の全著作権

初版
10 9 8 7 6 5 4 3 2 1

米国議会図書館 ID: 1-SU8MFM, VAu 1-189-270

ペーパーバック: ISBN-10: 162879027X
ペーパーバック: ISBN-13: 978-1-62879-027-6
電子ブック: ISBN-10: 1628790229
電子ブック: ISBN-13: 978-1-62879-022-1

事前の書面上の許可ないもしくは合意のない場合、録
音、複写など、この出版のあらゆる部分を複製したり、検
索システムに保存したり、どのような形式であろうと送信
したりすることを禁じます。

本の卸売購入の連絡先:

Gotimna Publications, LLC
www.GotimnaPublications.com

芸術作品の購入の連絡先:

Epic Art Collections, LLC
www.EpicArtCollections.com

この作品を私の人生の先生という

ダンテ・アリギエーリと

ビアトリスのイメージに不滅にした

私の人生の"光"という

私の最愛のルシアに献呈しています

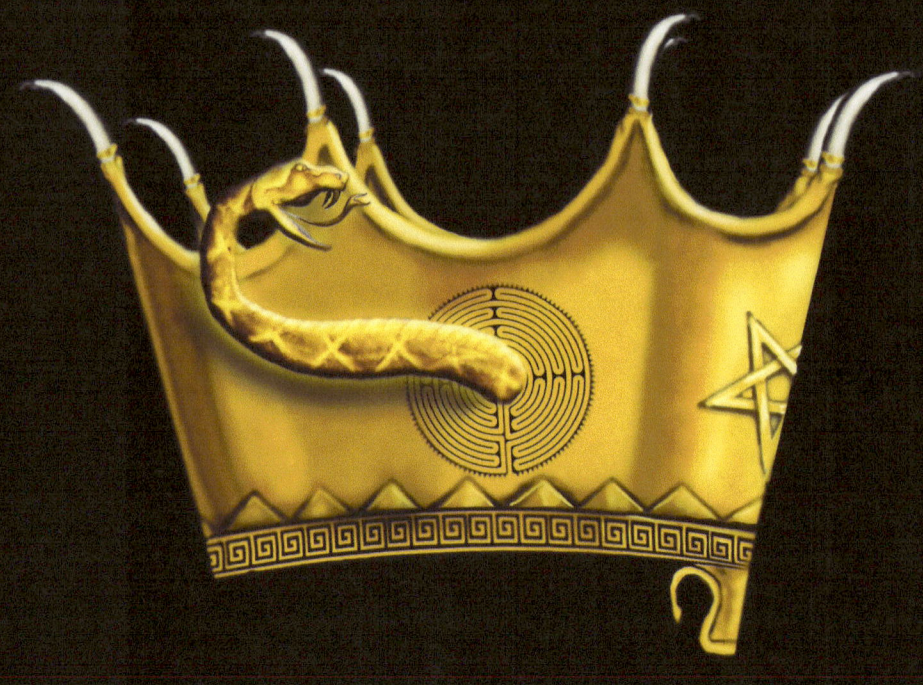

最終の判断

まえがき

ダンテ・アリギエーリは自分の神曲の傑作を1302年と1321年の間に書きました。そのあと、今日にいたる7世紀にわたり色々なアーティストへ絵画を通して視覚的な影響を与えました；その芸術家の中には。。。偉大なサルバドール・ダリもいます。ギュスターブ・ドレは1861年に一番人気がある絵画を発表してから、一世紀後にサルバドール・ダリは抽象画を通してドレの作品を解釈してしまいました。けれども、イタリアのダンテの研究者によると、唯一の芸術家のサンドロ・ボッティチェリは1480年くらいに正確な解釈ができました。現在では、改めて前衛芸術家もチャレンジしているいあす。。。

コンセプトアーティストディノ・ディ・デュランテはカンバスにしたダンテの地獄に生命をもたらしました。ディノの焦点とはダンテ・アリギエーリの傑作の地獄を正確に解釈することだけでなく、神曲について知らない人々に伝承し影響を与えることでもあります。この本にある作品はドレの白黒の石版画ではなく、その後のサルバドール・ダリの抽象画もではありません。その代わりに、ディ・デュランテははじめての色彩豊かで入念に細工された絵画のセットを提供いたします。ディ・デュランテの深遠な解釈はほかのアーティストの7世紀前のダンテ・アリギエーリの言葉を描写する試みに長けています。

グラフィック小説をする案をはじめ、ディノ・ディ・デュランテは2007年にダンテの地獄の描写的探求を始め、ついに2014年に挿絵本になりました。この作品は長く、骨の折れる仕事の理由として、この作品は長い上に作家と芸術監督が献身・スタイル・細かな事への気配りを求める構想を持っていたからです。大規模な芸術コレクションの一部はそれぞれの "Dante's Hell Animated" と "Inferno Dantesco Animato" という英語とオリジナルイタリア語に同時に監督されたアニメ映画に使用されました。すべての72ピースのアートコレクションが米国とイタリアとバチカン市国からの教師とダントロジストと30人以上のセレブが主演した "ダンテによる地獄" という映画に使用されました。

ダンテの叙事詩に基づいたディ・デュランテの人々の解釈と絵画はこの映画に生命をもたらします。観覧者はダンテとバージルと一緒に地獄の層に通じた罪人の罰の詳細に基づいたダンテの皮肉の描写を見て楽しめます。アニメの中のキャラクターと一緒に行きながら、永遠に呪われたものの世界観を通して暗い渡航の旅行者になれます。上に述べたディ・デュランテの映画にある作品はこの本にあります。

ディノ・ディ・デュランテはあらゆる努力をして、ダンテ・アリギエーリの傑作の神曲の最初の部分を素晴らしい冒険のようにあらゆる可能な形で生命をもたらします。いくつかの映画バージョンを監修してからあなたがこの本を持つまで、これは間違いなく愛の作品の証拠になりました。

さあ、ページをめくって楽しんでください！

アルマンド・マストロヤンニ
映画監督兼とプロデューサー

Dino Di Durante

序文

六歳の頃水彩画を始めましたけど、その後すぐにテンペラ画に転向したのはテンペラのペンキは与える可能性を気に入ったからです。ディズニーのキャラクターを木で描いたのはその材料となる木が無料だったからです。数年後に、絵画を止めて音楽と写真撮影などに興味を抱くようになりました。単科大学を卒業してからまた画筆をとり、今回カンバスにアクリルで描いて、フリースタイルまたは抽象画ということを始めました。

私の家族の大好きな話題のは神曲という本でした。単科大学でその本を読む機会があり、その後、ロサンゼルス市のカリフォルニア大学の工学生になりました。科学を専攻しましたが、イタリア文学は副専攻でした。けれども、ロサンゼルス市のカリフォルニア大学に入ったところ、工学科目を取らずに、その代わりに神曲科目の勉強とその後のダンテアリギエーリ全集の勉強を教養課題として選択しました。その勉強は一番愉快な経験でした。神曲は色々な方法で私の生活を変えました。ダンテの直々の教えは私を死後の世界を探検することに夢中にさせました。しかしながら、視覚的に具現化することは、ギュスターブ・ドレの挿絵を使ってでさえ、困難を極めました。その当時にインターネットがなかったため図書館ではほかの資料を見つける事はできませんでした。

その何年後かに、ダンテの地獄についてのグラフィックス雑誌シリーズを始めました。その時"ダンテによる地獄"という同じ話題に基づいた映画の仕事に参加する機会がありました。この課題について研究を進める過程で、この映画を社会の中にもっと浸透させるためには視覚的芸術が必要だと思いました。その後、方向を変えて、雑誌シリーズを辞め、圏ずつの最初から（暗い森）最後まで（煉獄の星）地獄を徹底的に探求する'新しい旅'を始めました。

ダントロジストのリッカルド・プラテシさんは私の不正確な絵画を見ると、1480年にほぼ完璧に神曲を解釈したサンドロ・ボティチェリの作品おのずと、私に多大な影響を与えることになりました。彼は私が本気にダンテの地獄の解釈を映画と出版物にしたければ、ある教えた間違えを直さなければならないと言いました。そこで、私と同じダンテの作品が好きだというリッカルドは喜んで私の相談を受け入れてくれました。リッカルドはチームに入った前に、私はとあるシーンのデザインをてつだったアヴェチック・バライアンという人と協力して、前に見なかった絵画のコレクションをこの世にもたらすことも成し遂げたることができました。すべての詳細と豊富な色と適当な描写も、リッカルドとアヴェチックの協力と、サンドロ・ボティチェリの絵画のおかげで、達成するこができました。

Dino Di Durante

お礼

多くの方に感謝したいと思っておりますが、このページの大きさは十分だけでなく、言葉でも言い表しません。

まず、神様へ。この神曲を世界中に見せるという素敵な使命感をあたえてくださったことに感謝しております。

私の使命感の道と現実の世界を示したダンテ・アリギエーリに感謝しております。

私の親愛のルシアにこの作品を献呈してだけでなく、彼女の無条件の愛とサポートと啓発に感謝しております。

六歳の時からずっと支えてくれた母の無条件の愛のため感謝しております。

最初に道を開拓したカルロスのおかげで使命を成し遂げられました。

リッカルド・プラテシがいなければ、ダンテの地獄の視覚的な解釈は不正確のままだったでしょう、それゆえに彼には特に感謝しております。

この本のまえがきを書き、うつも私に味方している私の友達と映画ダイレクターのアルマンド・マストロヤンニに感謝しております。

最初から私の作品が好きで、いつもUCLA（ロザンゲレスのカルフォルニア大学）のイタリア語学部のマッシモ・チャボレーラ先生に感謝しております。それとも、イタリアのローマにて"ラ・サピエンツァ"大学で私の作品の一部を紹介していただいたことに感謝しております。

2011年の初めに豊かなプンタデルエステのウルグアイにある夏のリゾートにパブロ・アッチュガリーの最高級の財団で私の芸術作品コレクションの50の作品を紹介してくださったことと、いつも私の作品に信じているパブロ・アッチュガリーに感謝しております。

最初から私の作品が好きで、苦難の時に励ましてくれて、親友のジェフ・コナウェイに感謝しております。

この本に多大なる貢献して下さった研究家、そのほかのプロフェショナルの皆様にも大変感謝しております。

この本を翻訳した翻訳者のビャンカ・ラウシェブに感謝しております。

最後ですが大変に重要なことに、協力者にだけでなく、探求の経験に参加した皆さん感謝しております。

Dino Di Durante

序論

2011年に1月12日から2月28日まで豊かなプンタデル
エステのウルグアイにある夏のリゾートにパブロ・
アッチュガリーの最高級の財団でダンテの地獄という芸
術作品コレクションは芸術作品の進行中として紹介され
ました。その時、まだ完成しなかった芸術コレクション
は50ピースだけが展示されました。

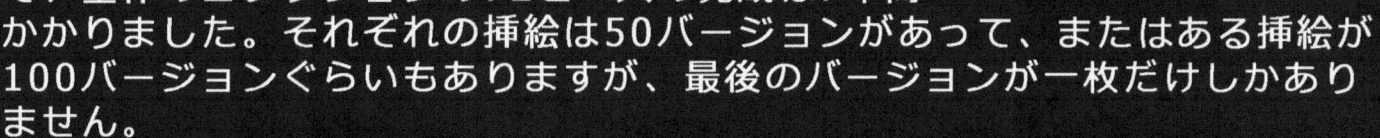

数年後カリフォルニアのサンディエゴにあるコミッ
ク・コンでほぼ完成したコレクションを紹介する機
会がありました。2007年の初めから後半の2014年ま
で、全体のコレクションの72ピースの完成は7年間
かかりました。それぞれの挿絵は50バージョンがあって、またはある挿絵が
100バージョンぐらいもありますが、最後のバージョンが一枚だけしかあり
ません。

物語を理解しやすいようにこの本の中に印刷したそれぞれの絵の下には説明があ
ります。その上、それぞれの絵の下側にQRコードがあるので、スマートフォン
またはタブレットでスキャンができ、この複雑な物語を分かりやすいようにさら
に役立つものを加えられます。黄色いQRコードをスキャンしてから、私たちの
オンラインの無料な画電子本の地獄のバージョンの別の一節を読めます。銀色の
QRコードをスキャンすると、本の中にある好きな絵画の色々な大きさと展色材
を選ぶことができ、購入できます。

私はあなたがこの啓発的で複雑な本を読めるように大変に努力しました。そ
れを果たすために私は地獄にいると想像してこの芸術コレクションを制作し
ました。あなたは私の審査員として私が目的を達成したかどうか決められま
す。

ダンテ・アリギエーリは私たちが自分の人生の過去・現代・未来について学
ぶために文学の傑作という神曲を書きました。私の長く啓発的な経験の終わ
りが近づきながら、あなたはこの世の中に自分の人生の目的を達するため、
私の作品はダンテの直の、メッセージを伝えられることを望んでおります。

あなたに神の恩寵がありますように！

Dino Di Durante

1300 A.C. - ウーマ、イタリア
ダンテは黒森に迷っている

第一の野獣

オオヤマネコはダンテの歩いている道をふさぐ

第二の野獣

ライオンはダンテの歩いている道をふさぐ

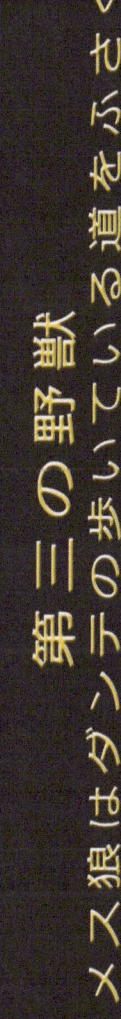

第三の野獣

メス狼はダンテの歩いている道をふさぐ

©

バージルが出る

お腹すいたメス狼からバージルはダンテを守る

ダンテはバージルを抱く
ダンテは勇者の姿に驚いている

ベアトリスは天国から下がる
バージルはびっくりして見る

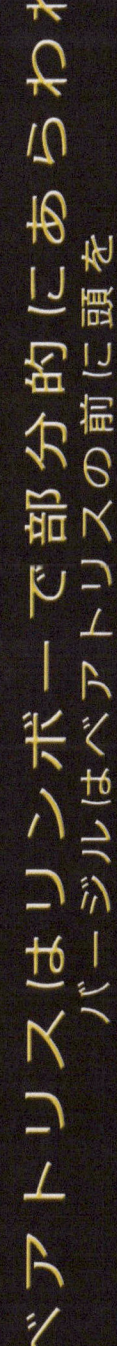

ベアトリスはリンボーで部分的にあらわれる
バージルはベアトリスの前に頭を

©

バージルの使命

ベアトリスはバージルにダンテを地獄と煉獄を通して案内を頼む

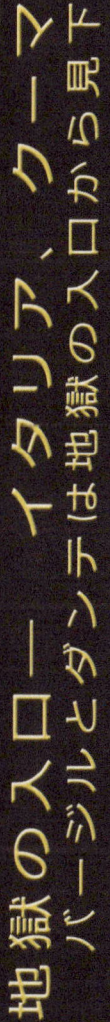

地獄の入り口ー イタリア、クーマ市
バージルとダンテは地獄の入口から見下

地獄の門

ヘブライ語で入口の上にある彫刻法："私の道を通して。。。"

地獄の中にある洞窟

ダンテとバージルは痛みの市に向かって歩いていく

地獄の景色

ダンテとバージルは地獄の9圏を観測する

地獄の図
地獄の9圏と区分

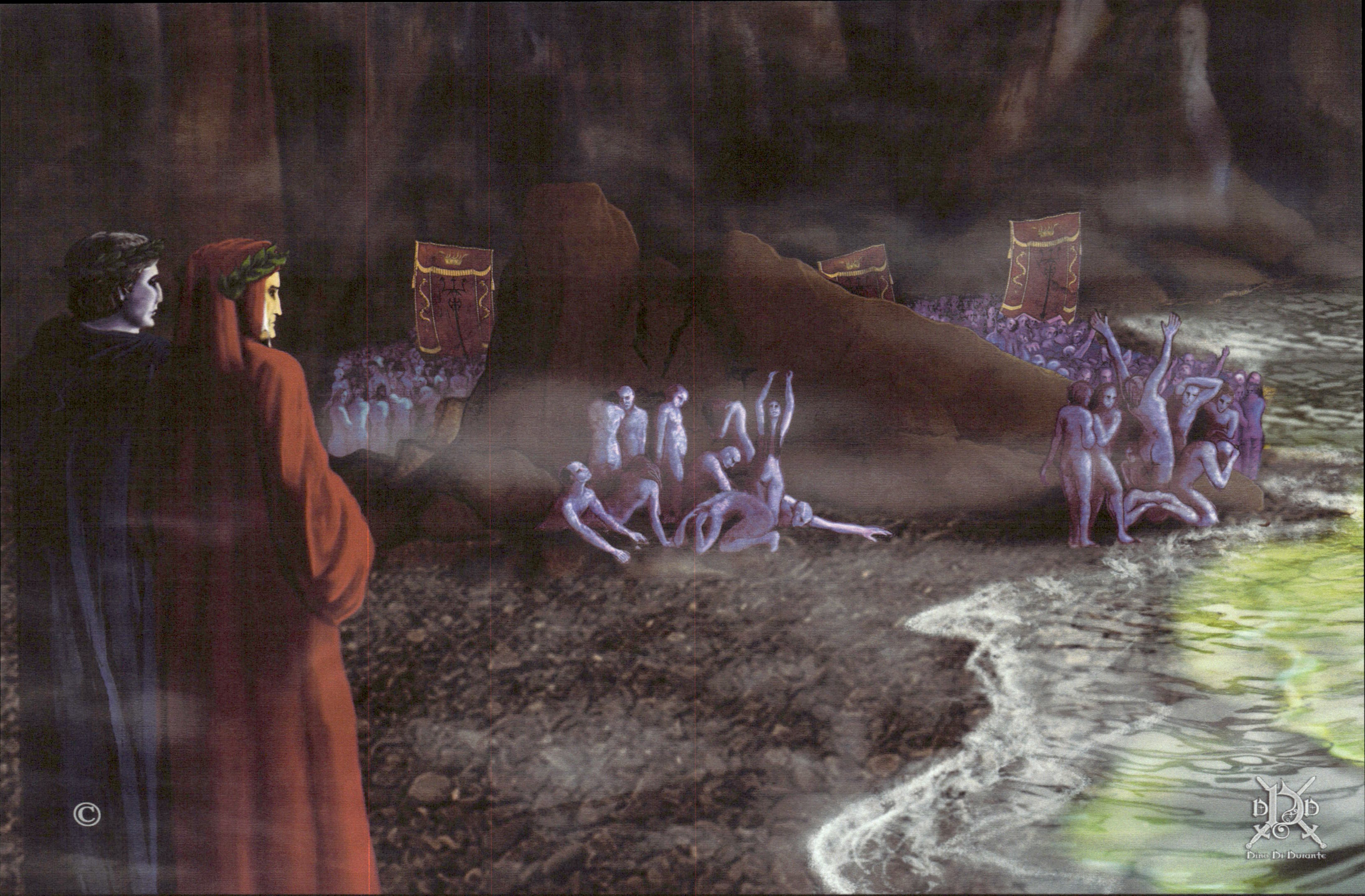

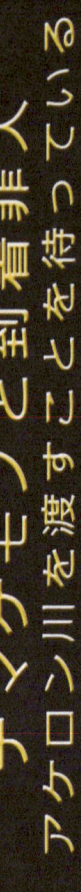

ナケモンと到着罪人

アケロン川を渡すことを待っている

チャロン—焼いている目がある鬼
罪人を向こうの海岸へ運ぶチャロンが到着する

Dino Di Durante

チャロンは罪人に直面する

ダンテは脅迫を受けて、バージルの裏に隠す

ダンテは意識を失う

ダンテはチャロンが罪人をなぐることを見えない

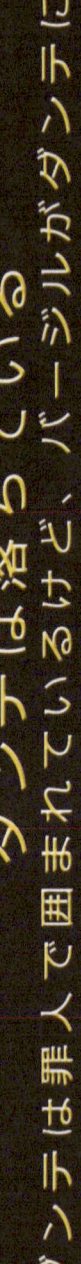

ダンテは落ちている

ダンテは罪人で囲まれているけど、バージルがダンテに手伝う

アケロン川の渡し

チャロンはダンテとバージルを罪人と共に運ばれている

地獄の第一圏ーリンボー

ダンテとバージルは7壁の城に到着

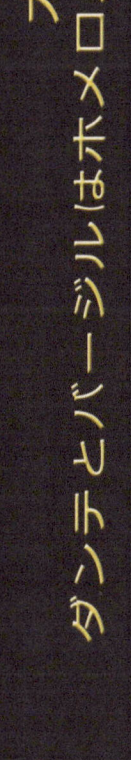

大護送

ダンテとバージルはホメロスとほかの詩人と一緒に城に入る

７ 壁の通過

ダンテとバージルは城の中央に到着

Τερψιχόρη

リンボーにある大魂

ダンテとバージルはアリストテレスやソクラテスやシーザーなどと会う。。。

©

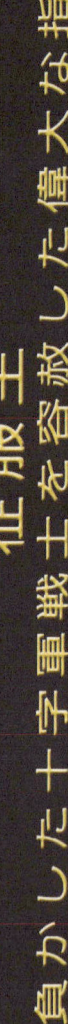

征服王

負かした十字軍戦士を容赦した偉大な指揮官

ミノス—地獄の審査員
到着する罪人は審査され、割り当てた圏に見送られる

©

第二圏 ─ 淫らな人
クレオパトラとマルコ・アントニオ

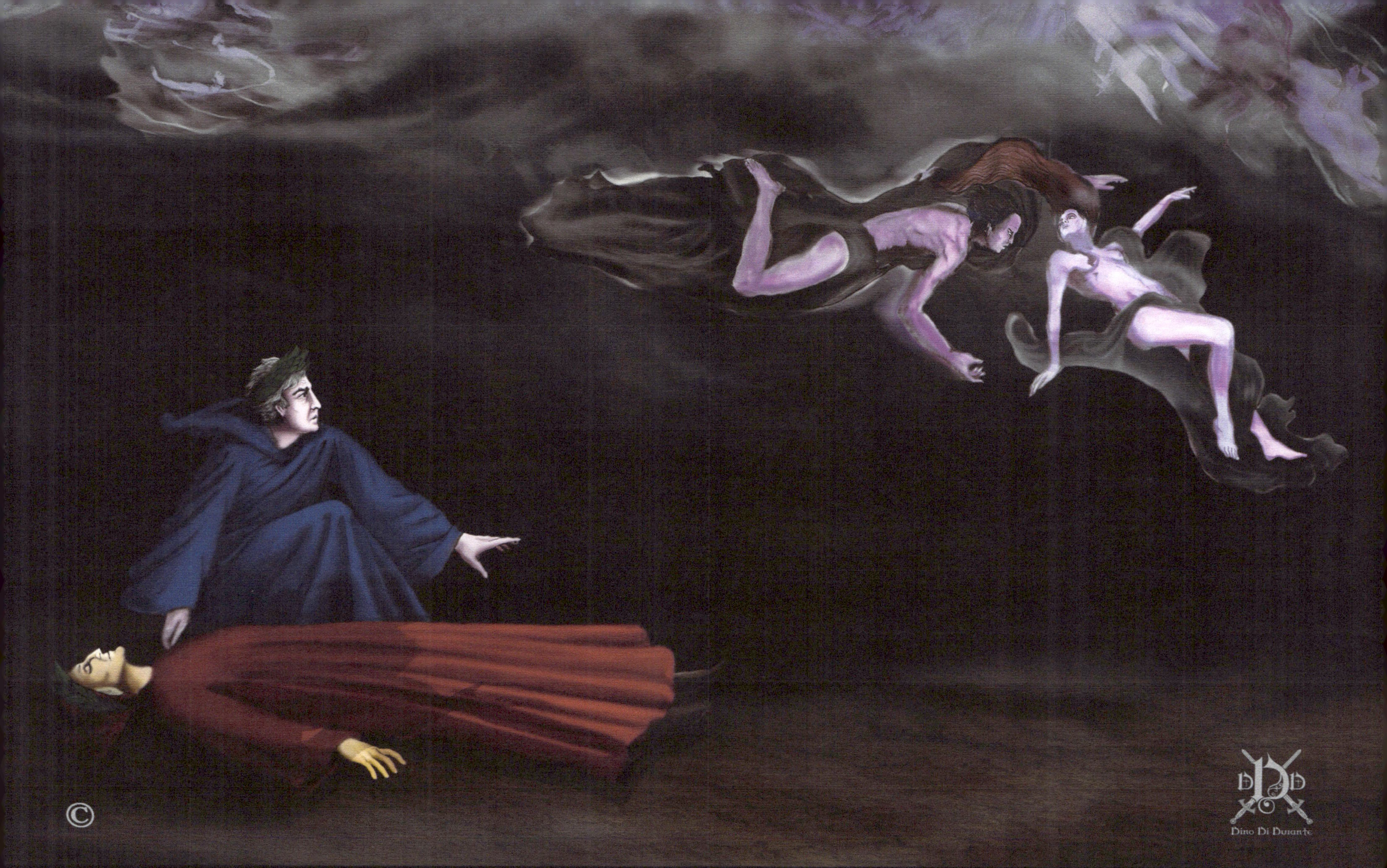

第二圏　—　淫らな人
ダンテはパオロとフランチェスカの前に意識を失う

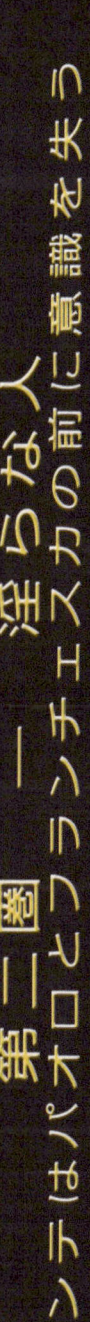

第四圏 ― 保護者

怒ったプルートーンは叫ぶ：“PAPE SATAN, PAPE SATAN ALEPPE!”

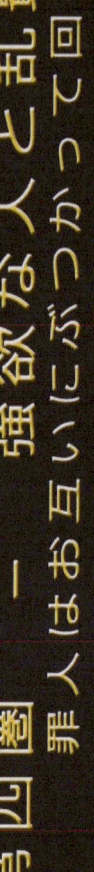

第四圏（一）— 強欲な人と乱費の人

罪人はお互いにぶつかって回る

第五圏 ― 激怒した人と不機嫌な人

プレギアスはダンテとバージルを三途の川の上に運ばれる

ディスの壁の上にフューリーのサンバいる

三人はメドゥーサを呼ばれると脅迫して、バージルはダンテの目を手でふさぐ

鬼はディイズ市の入口をブロックする
バージルはダンテが神の使命があると言う

神のメッセンジャーが出る
ディス市の入口へ三途の川の上に向かっている

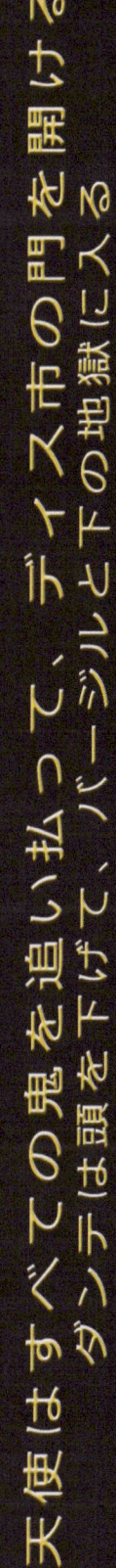

天使はすべての鬼を追い払って、ディス市の門を開ける
ダンテは頭を下げて、バージルと下の地獄に入る

メドゥーサと彼女の最後の被害者
ポリドットと彼の貴族の石化した体

第六圏 ― 異端者

ダンテはファリナータとカヴァルカンティと話している

第七圏 ― 乱暴な人の保護者
ミノタウロスはダンテに脅迫している

©

第七圏 ― 地すべり

ダンテとバージルは降りて、チロンとネッススに会う

©

第七圏：第一輪 ― 煮ている血にある殺人

浮揚しているバージル。ネッススはダンテをフレゲトンテ川の上に運ばれている

第七圏：第二輪 — 自殺人と浪費家

ダンテは枝を折って、ピエールデッレヴィーニェは出血している

第三輪　一　乱暴な人は火の雨の下にある
冒涜者、男色者、高利貸し

絶壁

バージルはダリョオンに端の上にダンテのロープで合図している

ゲリョョオンの到着

ダンテとバージルはゲリョョオンの背中にマレボルゲへ乗っている

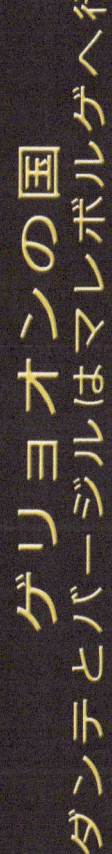

ダンテとバージルはマレボルゲへ行く

ダリヨオンの国

第八圏：マレボルジェと下にある第九圏

第八圏：マレボルジェ、詐欺 ― 第一裂け目
付け込んでいる人と誘惑者は鬼でむちで打たれた

©

第八圏：マレボルゲ、詐欺 ― 第二裂け目

排池の湖にあるお世辞のうまい人

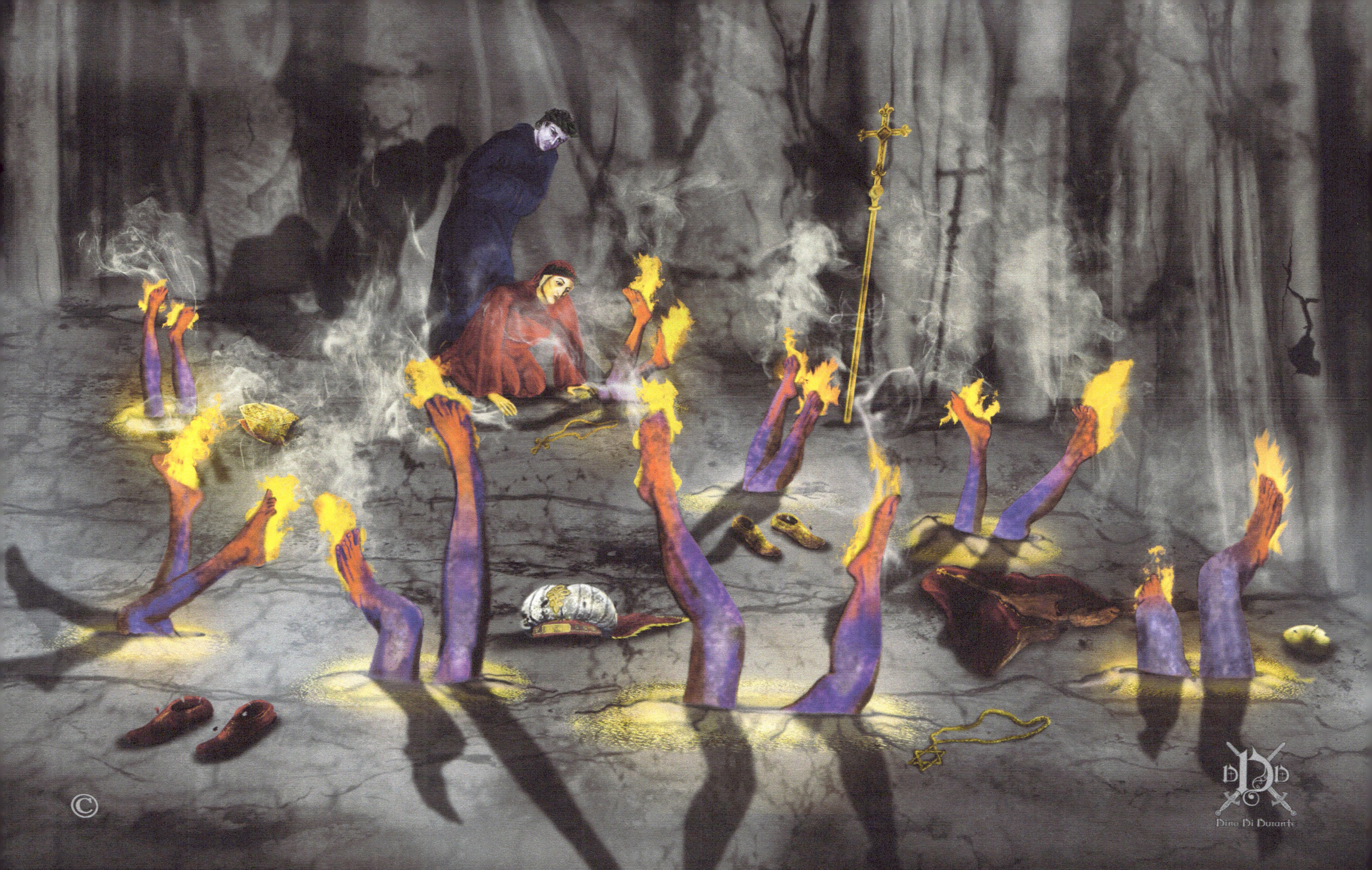

第八圏：　マレボルゲ、詐欺　–　第三裂け目
足が焼いているシモニストは逆にされた

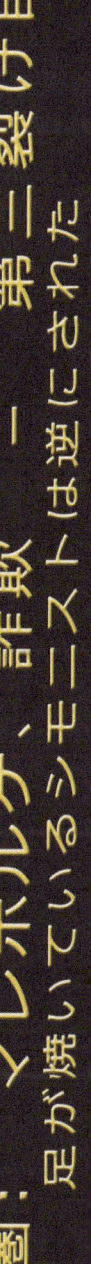

第八圏：マレボルジェ、詐欺 ― 第四裂け目

マジシャン、占星術師、偽預言者

第八圏：マレボルゲ、詐欺 ― 第五裂け目
紛争扇動罪人、焼いているタールの湖にある賄賂の政治家

第八圏：マレボルジェ、詐欺 ― 第六裂け目
金属のマントを着ているど十字架にかけた偽善者

第八圏：マレボルゲ、詐欺 ― 第六裂け目
偽善者：バージルはダンテに険しい坂からの出口を教える

第八圏：マレボルジェ、詐欺 — 第七裂け目

泥棒は永遠に爬虫類の動物に裏と前に登身する

第八圏：マレボルジェ、詐欺 ― 第八裂け目
悪い助言者：ユリシーズ、ディオメデスなどは火にはいて焼いている

Ditto Di Dincarte

第八圏：マレボルジ、詐欺 ― 第九裂け目

不和を植える人は刀で鬼に切られた

第八圏：マレボルジェ、詐欺 　— 第十裂け目 — 偽証者、詐称者

偽る人：錬り金術師、偽造する人、偽証者、詐称者

第九圏　保護者

巨人：エフィアルトス、アンテオス、ニムロド

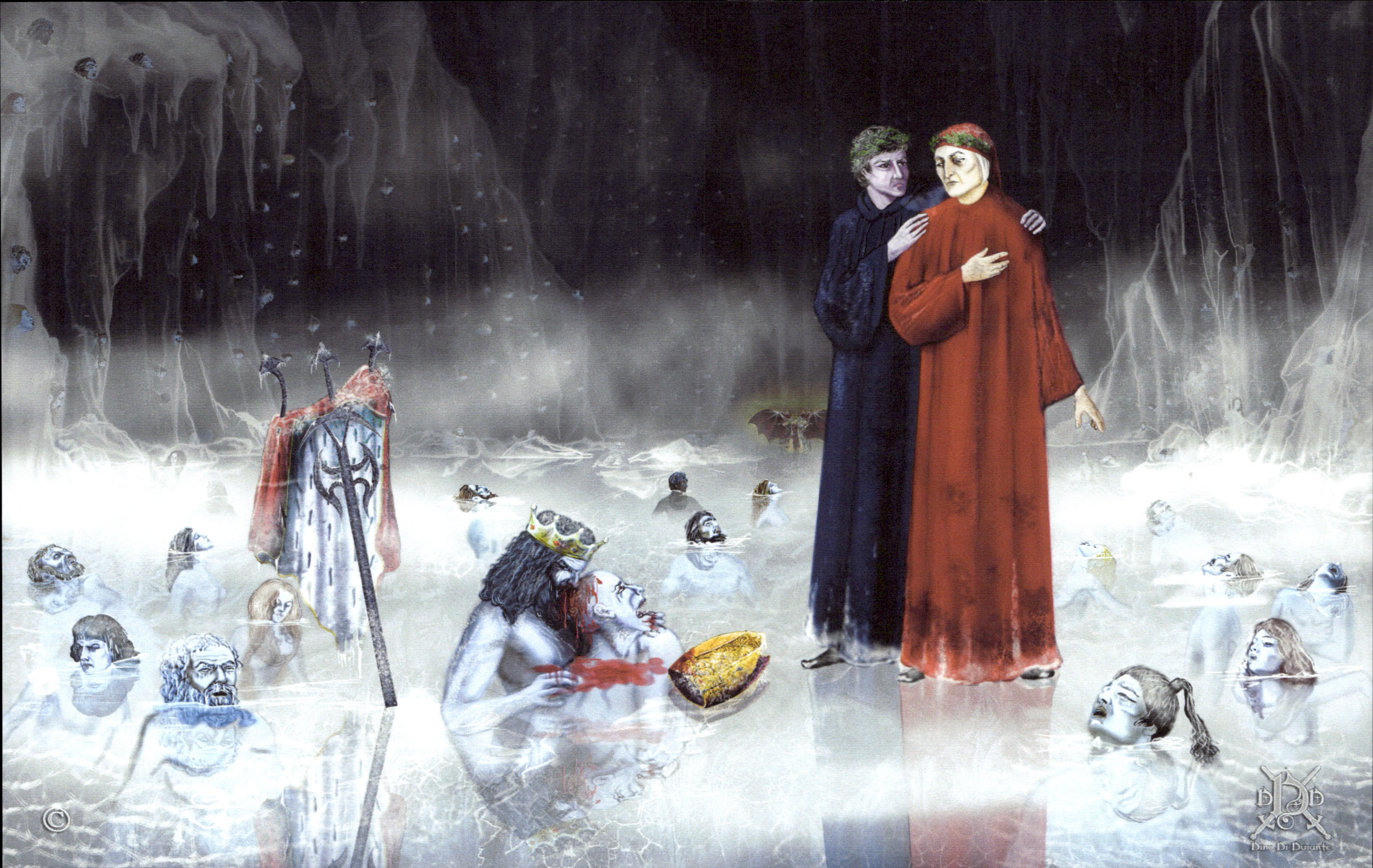

第九圏―反逆者

ウゴリーノ伯爵はルジエーリ大司教の頭をかむ

第九圏一反逆者

腰までに埋められた魔王は三人の罪人をかむ

第九圏一反逆者

肌のない魔王はユダ、ブルータス、カシアスをかむ

大きい脱出

バージルは自分の背中にダンテをもって、魔王の体の下に上に歩いている

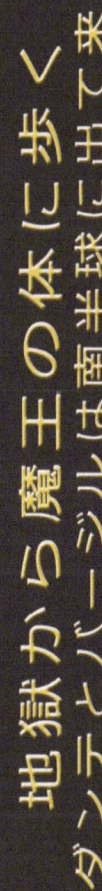

地獄から魔王の体に歩く
ダンテとバージルは南半球に出て来る

ダンテとバージルは魔王から歩いていく

出口へ向かっている

ダンテとバージルは外の世の道を見つける　出口に近づく

光の跡

光の跡

詩人ははすき間から出ている光を見る

手招きした光

ダンテとバージルは光を従う

星

ダンテとバージルは星の案内の光のおかげで出る

煉獄に向かって出口

詩人は海の上に映している金星と星を見ている

Dino Di Durante

空
南十字星とうお座をじっと眺める

地獄のコラージュ　ダンテはブルートーン、ミノスと二つの自殺の上に立つ

Armand Mastroianni
Presents
Dante's Hell Animated
A Film Produced and Directed by Boris Acosta
Artwork by Dino Di Durante
Eric Roberts
Nia Peeples
Vincent Spano
Jeff Conaway
Hélène Cardona
Al Sapienza
Shirly Brener
Rico Simonini
Vanna Bonta
Adrian Paul
www.DantesHellAnimated.com

www.ingramcontent.com/pod-product-compliance
Lightning Source LLC
Chambersburg PA
CBHW040826050726
47507CB00021B/143